Segundo grado es increíble, Ámbar Dorado

PAULA DANZIGER

Ilustraciones de **Tony Ross**

ALFAGUARA
INFANTIL

Título original: *Second Grade Rules, Amber Brown*

Publicado en español con la autorización de G.P. Putnam's Sons, una división de Penguin Young Readers Group (USA), Inc.

© De esta edición:
2007, Santillana USA Publishing Company, Inc.
2105 NW 86th Avenue
Miami, FL 33122, USA
www.santillanausa.com

Traducción: Enrique Mercado
Edición: Isabel Mendoza

Alfaguara es un sello editorial del **Grupo Santillana**. Éstas son sus sedes:

ARGENTINA, BOLIVIA, CHILE, COLOMBIA, COSTA RICA, ECUADOR, EL SALVADOR, ESPAÑA, ESTADOS UNIDOS, GUATEMALA, MÉXICO, PANAMÁ, PARAGUAY, PERÚ, PUERTO RICO, REPÚBLICA DOMINICANA, URUGUAY Y VENEZUELA.

Segundo grado es increíble, Ámbar Dorado
ISBN 10: 1-59820-594-3
ISBN 13: 978-1-59820-594-7

Impreso en Colombia por D'vinni S.A.

10 09 08 07 1 2 3 4 5 6 7 8 9 10

Para Sheryl Hardin,
una valiosa ayuda (y amiga) para mí
y luz para sus estudiantes.
¡Esta maestra de segundo grado es increíble!
P.D.

Hoy es un gran día de segundo grado.
Cuando llego a la escuela,
la Srta. Luz me saluda radiante.
Dice que cada vez voy mejor en Matemáticas.
Me ayuda a quitarme a Poko, mi mochila.
A Poko le encanta segundo grado.
A mí también.
Estoy muy contenta. Hoy es un gran día.
Mis papás no se gritaron
esta mañana.
Lo han hecho mucho últimamente.

Es mi turno de leer en la casa del árbol.
Espero que éste siga siendo un gran día.

—¡Luces brillantes! —dice la maestra
Luz golpeando las palmas—,
vuelvan todos a sus pupitres.
Pongo un separador en el libro
para recordar dónde quedé.

Hoy es el día de los bolsillos.
Cada quien cuenta cuántos bolsillos tiene.
Yo, Ámbar Dorado, me acordé.
Y estoy lista.
Mi overol azul tiene siete bolsillos.
Luego les enseño a todos una sorpresa.
Bajo el overol azul
traigo otro rojo con seis bolsillos.
¡Eso suma trece bolsillos!
Soy la reina de los bolsillos.
Llevaré la corona todo el día.
—¡Segundo grado es increíble! —digo
al sentarme con Justo, mi mejor amigo.
¡Segundo grado es el mejor!
Y hoy yo soy la reina.

Sigue la clase de Educación Física.

Ana Burton trata de hacerme caer.

De todos modos, gano la carrera.

Nuestra maestra de deportes, la Srta. Vanesa,

le recuerda a Ana la regla de no hacer zancadilla.

Sigue la merienda.

La Srta. Luz nos da golosinas. ¡Qué rico!

Miro el salón.

La Srta. Luz hace que todo parezca mágico.

La Srta. Luz tiene algunas reglas.

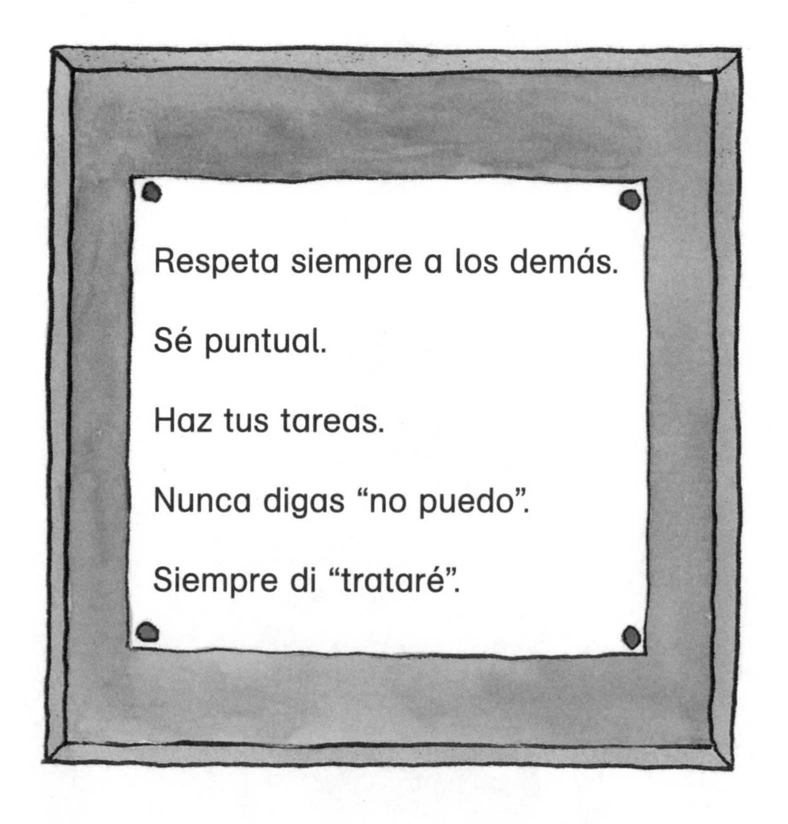

Yo, Ámbar Dorado, puedo cumplir con estas reglas.
No tengo ningún problema con segundo grado.
¿Qué podría fallar? Pero, entonces, sucede.
Es horrible. ¡Espantoso!

La Srta. Luz dice: —Hoy voy a añadir
una nueva regla. Debemos mantener los pupitres
limpios y ordenados. Algunos de ustedes
tienen mucho desorden.
La Srta. Luz me mira cuando dice esto.

Yo, Ámbar Dorado,
estoy en problemas… grandes problemas.
No puedo tener mi pupitre ordenado.
Sé que debería decir
"trataré", pero no puedo.
Esta regla es muy difícil para mí.

La Srta. Luz dice: —Quiero que sepan que el hada de los pupitres vendrá a nuestro salón de vez en cuando. Dejará caramelos y un Premio al Pupitre Limpio (una brillante cinta azul) en todos los pupitres que estén ordenados.

Tifany Smith se saca el dedo de la boca y dice: —No sabía que había un hada de los pupitres.

La Srta. Luz se sorprende.

—¿No sabías que hay un hada de los pupitres?

Tifany sacude la cabeza y se vuelve a meter el dedo en la boca.

—Bueno —sonríe la Srta. Luz—. Se llama "Pupitrina". Es prima del hada de los dientes.

Naomi Mayer levanta la mano.

—Yo tengo una prima que se llama Cindy —dice.

Todos empiezan a gritar
los nombres de sus primos.

La Srta. Luz dice:

—Escuchen esta historia: cuando Dentalina, la prima de Pupitrina, consiguió el trabajo de hada de los dientes, a Pupitrina le dio mucha envidia.

Entonces, Pupitrina supo del trabajo de hada de los pupitres. Hizo una prueba… y le dieron el trabajo.

—¡Guau! Yo no sabía que el hada de los dientes tenía nombre —dice Naomi riendo.

—Cualquiera lo sabe —dice Ana Burton—. Claro que yo preferiría ser hada de los pupitres. Es mejor ir mirando pupitres que tener que observar bocas… Y tocar los dientes sucios de otras personas. ¡Qué asco!

—Mi papá es dentista —dice Federico
sacándose el dedo de la nariz.
—Él dice que es importante tocar los dientes de
otras personas.
Espero que el papá de Federico
no se meta el dedo en la nariz como su hijo.
Un dentista con el dedo en la nariz… ¡Qué horror!

La Srta. Luz dice: —Usen su imaginación
para escribir
sobre Pupitrina y dibujarla.
Me encanta hacer eso.
Pero, ¿mantener mi pupitre limpio?
No sé si pueda.
Pienso en… un Premio al Pupitre Limpio.
Quiero uno.
Escribo sobre Pupitrina.
Luego la dibujo,
con vestido y zapatos morados
y joyas con figuras de útiles escolares.
Su cabello es rosado, con estrellas brillantes.
Carga una mochila grande
llena de caramelos y premios
para niños y niñas con pupitres limpios.

También trae recados en la mochila.

Olvídalo, Ámbar Dorado.
Nunca recibirás un caramelo.
Tu pupitre es una zona de desastre.

Dibujo el Pupimóvil.
Pupitrina viaja en él por todo el mundo,
revisando pupitres.
Es mucho más bonito que el Expreso Molar,
el auto del hada de los dientes.

Llega la hora del almuerzo.
Justo y yo compartimos la comida.
Metemos mis papitas en su pudín.
Me como la mitad de su sándwich
de crema de cacahuate y plátano.
Él se come la mitad de mi sándwich de atún.
Justo me pregunta: —Si un gallo pone
un huevo en un techo inclinado, ¿rodará
el huevo a la izquierda o la derecha?
Me quedo pensando. No sé.

Justo ríe y grita: —¡A ningún lado!
Los gallos no ponen huevos, sólo las gallinas.

Justo mueve los brazos como un pollo
y hace sonidos de pollo.
Ha decidido que segundo grado
es el año de los chistes sobre pollos.
Además, está pensando en
formar un club de pollos.

Es hora de regresar al salón.

Sigo pensando en mi pupitre.

¿Cómo es que a algunos no les cuesta mantener limpio su pupitre?

¿Por qué yo no puedo?

Miro adentro de mi pupitre.

Está repleto de cosas.

No tengo tiempo de ordenarlo.

La mamá de Justo llega por nosotros.

El resto de la semana,
tiro una cosa cada día.
Pero, no sé cómo, meto otras dos.
Pupitrina no viene esta semana
ni tampoco, la siguiente.
Entonces, dejo de limpiar mi pupitre.
Si el hada no puede encontrar nuestra escuela,
no tengo nada de qué preocuparme.

Pero un día
llegamos al salón
y hay cintas y caramelos
en algunos pupitres.

Ana Burton recibió el premio.

¡Se cree tanto!

Pero nadie más de nuestro grupo…

ni Justo, ni yo, ni Federico.

Miro adentro de mi pupitre.
Veo lo que encontró Pupitrina:
cinco bolsas de papas fritas casi vacías,
un cordón de zapatos roto, siete libros de la biblioteca, una carta a medio escribir para mi tía Paz, una hoja arrugada de mi informe de lectura y seis bolitas blancas cubiertas de pelusa.
Creo que a Pupitrina no le pareció
que mi pupitre estuviera muy ordenado.

Al llegar a casa, se lo cuento a mi mamá.
Me dice que practique en mi cuarto.
Que para ella sería un milagro
poder ver el piso de vez en cuando.
Jamás debí hablarle a mi mamá
sobre Pupitrina.

Voy a mi cuarto. Limpiar es muy aburrido.
Encuentro el calcetín rosado con estrellas
plateadas que se me había perdido.
Creí que se lo había comido la lavadora.

Vacío uno de mis cajones.

Hago como que es el de mi pupitre.

Lápices aquí. Bolígrafos allá.

Sujetapapeles aquí. Libros allá.

Parece fácil. Haré lo mismo en la escuela.

Llego a la escuela.

Todos están en el pupitre de Bobi.

Trajo a su iguana, Igu.

Tengo que tomar una decisión…

¿Voy a ver a Igu o me pongo a ordenar mi pupitre?

Voy a ver a Igu.

Dos días después, Pupitrina nos visita de nuevo.

Mi pupitre sigue en desorden.

Esta vez Justo, Federico

y Ana Burton reciben caramelos de Pupitrina.

Estoy muy triste. No hay cinta para mí.

Justo comparte su caramelo conmigo.

Pero no es lo mismo que recibir uno.

Yo, Ámbar Dorado,
empiezo a odiar a Pupitrina.
La Srta. Luz dice que no me preocupe.
Dice que he mejorado.
Que si me esfuerzo un poco más,
cree que Pupitrina también lo verá.

Ordeno mi pupitre durante el recreo.

Pongo todo en mi mochila.

En tres días, no toco mi pupitre.

Uso mi mochila.

Pero la Srta. Luz dice que no puedo hacer eso.

Yo, Ámbar Dorado,

empiezo a odiar las reglas.

Pero yo, Ámbar Dorado,

de verdad quiero un Premio al Pupitre Limpio.

Tengo buena ortografía.

¿Por qué no puedo mantener ordenado mi pupitre?

Hasta las matemáticas son más fáciles que limpiar mi pupitre.

Sigo tratando.

Por fin se me ocurre algo.

En vez de poner la basura en mi pupitre,

la llevo al basurero.

Es aburrido tirar cosas.

Es más fácil guardarlas en mi pupitre.

Pero sigo haciendo el esfuerzo.

Mi pupitre por fin está limpio y ordenado.

Pupitrina no ha regresado.

Esta vez, mantengo ordenado mi pupitre.

¡Increíble!

Así es mucho más fácil encontrar todo.

Hoy, Justo y yo llegamos tarde.

Al auto de mi papá se le ponchó una llanta.

Ya empezó la clase.

Llegamos corriendo.

Todos aplauden; también, la Srta. Luz.
Tifany señala mi escritorio.

Pupitrina estuvo aquí anoche.

Me dejó un caramelo…

y una cinta.

¡Yo, Ámbar Dorado,
recibí el Premio al Pupitre Limpio!
Estoy muy contenta. Me pongo mi cinta.

Comparto mi caramelo con Justo.
Esta vez no le tocó a él.
Luego, tiro la envoltura
en el basurero, por supuesto,
no, en mi pupitre.

Esta noche pondré la cinta
en el tablero de mi cuarto…
cuando lo haya ordenado un poco.